Über dieses Buch Daß Hühner auch nur Menschen sind, erfährt, wer diesen Minigeschichten nicht widerstehen kann. Sie lenken den Blick auf einen Hühnerhof mit eigenartigen Geschöpfen: devote, schielende, leichtsinnige, esoterische, brandstiftende, absurde Hühner.
Ein umbrisches Huhn, das sich ein etruskisches Profil einbildet. Ein Huhn mit Analysefimmel, das behauptet, die Mütterlichkeit sei die Sublimierung des Eies. Ein buddhistisches Huhn, das in der Erleuchtung Federn lassen muß.
131 Geschichten, die ein riskantes, aber zutreffendes Bild bieten all unserer Bemühungen zwischen Irrtum und Illusion – eine Komödie des Größenwahns.

Der Autor Luigi Malerba, geboren 1927 in Berceto bei Parma, lebt in Rom und Orvieto. Zuletzt erschienen in deutscher Übersetzung: ›Der Protagonist‹ und ›Silberkopf‹.

Der Illustrator Matthias Koeppel, geboren 1937 in Hamburg. Seit 1981 Professor für Malen und Zeichnen im Fachbereich Architektur der Technischen Universität Berlin. Lebt in Berlin und Hanrade.

Luigi Malerba
Die nachdenklichen Hühner
131 kurze Geschichten

Aus dem Italienischen von
Elke Wehr

Mit Zeichnungen von
Matthias Koeppel

Fischer
Taschenbuch
Verlag

Ungekürzte Ausgabe
Veröffentlicht im Fischer Taschenbuch Verlag GmbH,
Frankfurt am Main, März 1991

Lizenzausgabe mit freundlicher Genehmigung
des Verlags Klaus Wagenbach GmbH, Berlin
Titel der italienischen Originalausgabe: ›Le galline pensierose‹

Umschlaggestaltung: Buchholz/Hinsch/Hensinger
unter Verwendung einer Zeichnung von Matthias Koeppel
Druck und Bindung: Clausen & Bosse, Leck
Printed in Germany
ISBN 3-596-10345-2

Die nachdenklichen Hühner

1

ALS SIE erfuhren, die Erde sei rund wie ein Ball und kreise mit höchster Geschwindigkeit durchs All, begannen die Hühner, sich Sorgen zu machen und wurden von heftigem Schwindel ergriffen. Sie torkelten wie betrunken über die Wiesen und konnten sich nur auf den Beinen halten, indem sie einander stützten. Das schlaueste Huhn machte den Vorschlag, sich einen ruhigeren Platz zu suchen, möglichst quadratisch.

2

EIN NACHDENKLICHES Huhn setzte sich in einen Winkel des Hühnerstalls und kratzte sich am Kopf. Durch das viele Kratzen wurde es schließlich kahl. Da kam eines Tages ein anderes Huhn und fragte es, was ihm solche Sorgen bereite. »Meine Kahlheit«, antwortete das nachdenkliche Huhn.

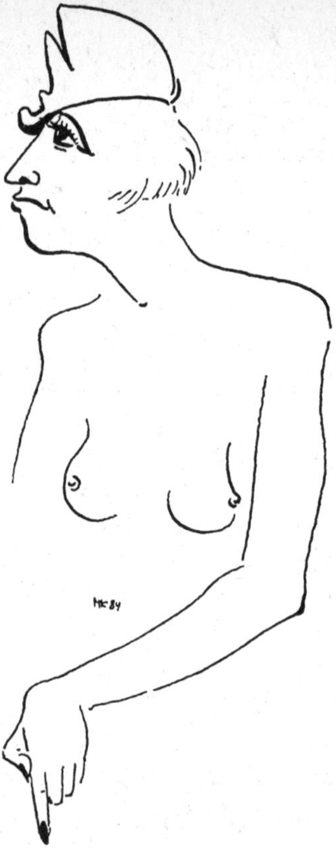

3

EIN UMBRISCHES Huhn war überzeugt, ein etruskisches Profil zu haben. Stets hielt es den Kopf zur Seite gedreht, damit alle sein Profil bewundern konnten. Schließlich wurde sein Hals so steif, daß ihm der Kopf quer stand bis zu jenem Tag, als es in eine Grube fiel und sich ein Bein brach. Nach dem Sturz renkte sich sein Kopf wieder ein, aber seitdem hinkte es.

4

EIN VAGABUNDENHUHN geriet zufällig in ein großes Menschen- und Pferdegetümmel. Fast wäre es zertrampelt worden, vermochte aber schließlich, doch zu entkommen und sich hinter einem Busch zu verstecken. Als es den Vorfall berichtete, sagte man ihm, es habe sich mitten in der Schlacht von Waterloo befunden, in der Napoleon besiegt worden sei. Das Vagabundenhuhn war sehr stolz, Zeuge eines großen geschichtlichen Ereignisses gewesen zu sein.

5

AN EINEM Sonntagmorgen verließen die Hühner den Hof auf der Suche nach Körnern und Würmern. Ein Huhn spazierte bis zum Kaninchenstall und fragte ein Kaninchen, ob auch bei ihnen Sonntag sei. Das Kaninchen bejahte die Frage, und das Huhn ging zurück, um seinen Mithühnern die Nachricht zu überbringen. Der Hahn machte ein nachdenkliches Gesicht und sagte: »Merkwürdig.«

6

EIN FROMMES Huhn ging jeden Sonntag in die Kirche und schloß sich mit seinem Gegacker dem Kirchenchor an. Darüber beschwerte sich der Pfarrer bei der Bäuerin. Genau das hatte das fromme Huhn aber gewollt, denn es hoffte, auf dem Scheiterhaufen verbrannt zu werden wie die heilige Johanna. Stattdessen endete es auf dem Rost wie der heilige Laurentius.

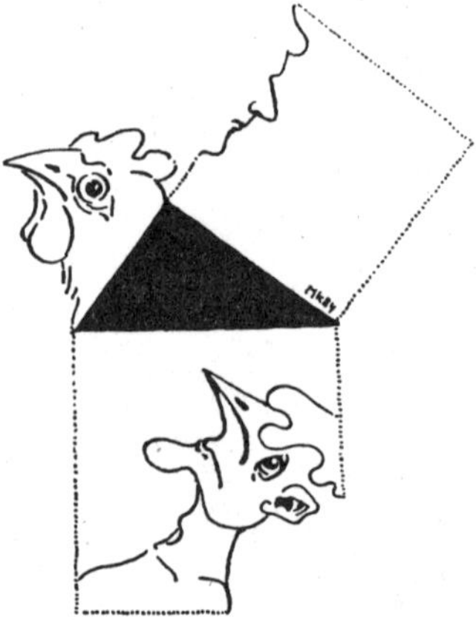

7

EIN HUHN versuchte, seinen Mithühnern den Pythagoreischen Lehrsatz beizubringen, stieß dabei jedoch auf große Schwierigkeiten. Eines Tages nahm es in der Mitte des Hühnerhofs Aufstellung und erklärte ihn mit anderen Worten: »Das Huhn über der Hypotenuse eines rechtwinkligen Dreiecks ist gleich der Summe der Hühner über den beiden Katheten.« Von da an war der Pythagoreische Lehrsatz fester Bestandteil des kulturellen Erbes des Hühnerhofs.

8

EIN GEFRÄSSIGES Huhn sah die Sonne, die sich in einer Pfütze spiegelte und hielt sie für eine Pizza. Es blickte um sich, hieb mit dem Schnabel hinein und rannte Hals über Kopf die Wiese hinunter, aus Angst, die anderen Hühner könnten sie ihr wegnehmen. Am Ende der Wiese angekommen, bemerkte es, daß es gar nichts im Schnabel hatte. Widerwillig ging es den Weg zurück, fand die Pizza und fraß sie ganz auf.

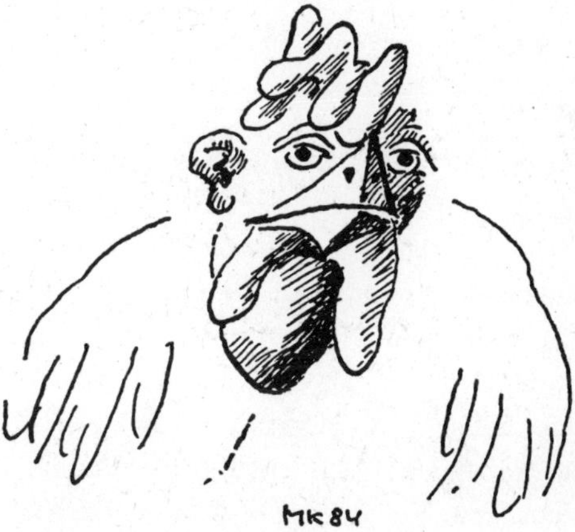

9

EIN ETWAS UNSICHERES Huhn wanderte auf der Tenne umher und murmelte vor sich hin: »Wer bin ich? Wer bin ich?« Seine Mithühner waren besorgt, denn sie dachten, es sei verrückt geworden, bis ihm eines Tages ein Huhn antwortete: »Ein Trottel.« Von jenem Tag an hörte das etwas unsichere Huhn auf, irrezureden.

10

EIN ASTRONOMENHUHN behauptete, sämtliche Galaxien des Universums zusammen seien nichts anderes als Staubwölkchen, die von einem Huhn aufgewirbelt würden, das in einem unendlich viel größeren Universum scharre. »Und was ist dann jenseits der Galaxien?«, fragten seine Mithühner. »Wenn ihr genau hinschaut, dann seht ihr, ganz dort hinten, die Krallen des Huhns, das die Staubwölkchen aufgewirbelt hat.«

11

EIN SCHWÄRMERISCHES Huhn behauptete, es würde von Teodolinda, der Königin der Langobarden, abstammen und verlangte deshalb von seinen Mithühnern, mit Prinzessin angeredet zu werden. Ein rivalisierendes Huhn trat ihm mitten auf der Tenne entgegen und behauptete, es dagegen würde von den Wikingern abstammen, und seine Ahnin sei Tovi, Königin der Wenden, Tochter des Fürsten Mistivoj, Gemahlin Haralds von Wendland, Sohn Gorms des Siegreichen. Als es das gehört hatte, versteckte das erste Huhn sich hinter einer Hecke und kehrte drei Tage und drei Nächte nicht in den Hühnerhof zurück.

12

EIN HUNGRIGES Huhn fand eine Wanze, pickte sie auf, um sie zu fressen, aber erstarrte mit offenem Schnabel vor dem gewaltigen Gestank. Es spuckte die Wanze auf den Boden und sagte: »Stinker!« Dann pickte es sie wieder auf, schloß die Augen und schluckte sie im Stück hinunter.

13

EIN EITLES Huhn traf im Garten eine Kröte. Die Kröte begann sich auf- und aufzublasen, um so groß zu werden wie das Huhn. »Paß auf«, sagte dieses, »daß es dir nicht wie dem Frosch ergeht, der so groß werden wollte wie der Ochse.« »Ich weiß«, sagte die Kröte, »aber hier handelt es sich nicht um einen Frosch und einen Ochsen, sondern um eine Kröte und ein Huhn.« Und die Kröte blies sich weiter auf, und blies und blies und wurde größer als das Huhn.

14

EINE GANS erschien im Morgengrauen an der Tür des Hühnerhofs und erklärte, das berühmte Ei des Kolumbus sei kein Hühnerei gewesen, sondern ein Gänseei. Dann rannte sie davon, verfolgt von sämtlichen Hühnern des Hofs. Wäre sie nicht in den Teich gesprungen und davongeschwommen, dann hätte sie ein schlimmes Ende genommen.

15

EIN SCHIELENDES Huhn sah die ganze Welt etwas schief und glaubte daher, sie sei tatsächlich schief. Auch seine Mithühner und den Hahn sah es schief. Es lief immer schräg und stieß oft gegen die Wände. An einem windigen Tag ging es mit seinen Mithühnern am Turm von Pisa vorbei. »Schaut euch das an«, sagten die Hühner, »der Wind hat diesen Turm schiefgeblasen.« Auch das schielende Huhn betrachtete den Turm und fand ihn völlig gerade. Es sagte nichts, dachte aber bei sich, daß die anderen Hühner womöglich schielten.

16

EIN LEICHTSINNIGES Huhn, das sich vom Hühnerhof entfernt hatte, sah sich auf einmal einem Fasan gegenüber. Es verliebte sich wahnsinnig in ihn, aber es wurde eine unglückliche Liebe, weil der Fasan kurzsichtig war und das Huhn für ein Kaninchen gehalten hatte. Es wäre auch dann eine unglückliche Liebe geworden, wenn der Fasan gemerkt hätte, daß er es mit einem Huhn zu tun hatte.

17

EIN PYROMANISCHES Huhn spazierte mit einem Streichholz im Schnabel umher. »Ich könnte alles verbrennen«, sagte es, »aber ich verbrenne nichts, weil ich ein zivilisiertes Huhn bin.« Von den anderen Hühnern in die Enge getrieben, gestand es schließlich, daß es deshalb kein Feuer lege, weil es nicht imstande sei, das Streichholz anzuzünden.

18

EIN ETWAS EXOTISCHES Huhn stellte sich mitten auf die Tenne, steckte ein Bein unter den Flügel und balancierte auf dem anderen. So stand es dort stundenlang, in der Hoffnung, man möge es für einen Kranich halten. Seine Mithühner hielten es nicht für einen Kranich. Die Gänse glaubten, es sei lahm und betrachteten es voller Mitleid. Der Truthahn umkreiste es lange und rief schließlich: »Seht euch diesen blöden Truthahn an! Er tut, als wäre er ein Huhn!«

19

EIN ÄUSSERST SENSITIVES Huhn bekam jedes Mal eine Gänsehaut, wenn der Hahn an ihm vorbeiging. Als die anderen Hühner davon erfuhren, machten sie ihm Vorwürfe und drohten, es vom Hühnerhof zu jagen. Als die Gänse davon erfuhren, forderten sie es auf, sich ihrer Herde anzuschließen. Das Huhn zog es aber vor, bei seinen Mithühnern zu bleiben, und wenn es fühlte, daß es eine Gänsehaut bekam, tat es, als ob nichts sei, in der Hoffnung, man werde es nicht merken.

20

EIN MYTHOMANISCHES Huhn glaubte, es sei ein Auto. Seine Mithühner ließen es in dem Glauben, unter der Bedingung, daß es den Motor nicht im Hühnerstall anlasse, solange sie schliefen.

21

ALLE HÜHNER des Hofs versammelten sich und beschlossen, ihr Feiertag solle nicht mehr der Sonntag sein, sondern der Freitag, weil am Freitag kein Fleisch gegessen werde. »Aber Eier!« fuhr das ewige Spielverderberhuhn dazwischen.

22

EIN MODEBEWUSSTES Huhn hatte die Gewohnheit angenommen, sich mit Truthahn-, Perlhuhn- und sogar Pfauenfedern zu schmücken, die es hier und dort zusammenlas. Es hielt sich für sehr elegant und behauptete, es sei ein Jugendstilhuhn. Die anderen Hühner wußten nicht so recht, was sie von seinen Extravaganzen halten sollten, und so beschlossen sie, mit ihrem Urteil zu warten, bis sie in der Lage sein würden, sich eine genaue Meinung über ihr Mithuhn zu bilden.

23

EIN SPORTLICHES Huhn wollte gerne Dreiradfahren lernen. Es verzichtete jedoch auf das Vorhaben, als es seine Füße zählte und dabei nur auf zwei kam.

24

EIN VERRÜCKTES Huhn glaubte, es sei Johanna von Orléans, und seine Mithühner sagten: »Schon gut, schon gut.« Nach einer gewissen Zeit hatte das Huhn es satt, Johanna von Orléans zu sein und beschloß, Napoleon zu sein. »Das geht nicht«, sagten seine Mithühner, »denn Napoleon war ein Mann.« Das verrückte Huhn antwortete, es könne sich einbilden, zu sein wer immer es wolle, denn schließlich sei es ja verrückt. »Wenn ich will«, sagte es, »kann ich mir sogar einbilden, Napoleons Bronzedenkmal zu sein.« Die anderen Hühner mußten ihm recht geben, und so verbrachte das verrückte Huhn ganze Tage reglos mitten auf der Tenne, als sei es Napoleons Bronzedenkmal.

25

EIN AUFGEBLASENER Hahn hatte sich in den Kopf gesetzt, daß ihm der Titel des Königs der Tiere gebühre. Als man ihm sagte, daß Könige nicht mehr Mode und jetzt Republiken in Gebrauch seien, lief der aufgeblasene Hahn kreuz und quer durch die Wiesen, in der Hoffnung, einen Löwen zu treffen, auf den er einen Maulfurz loslassen könnte. Er traf jedoch keinen Löwen, und der Maulfurz blieb ihm im Halse stecken.

26

EIN ANALPHABETISCHES Huhn wollte unbedingt lernen, seinen Namen zu schreiben. Als es schließlich ein Huhn gefunden hatte, das Lesen und Schreiben konnte und bereit war, es zu unterrichten, schlug es sich mit der Kralle an die Stirn und rief: »Aber ich weiß ja gar nicht, wie ich heiße!«

27

EIN SCHÜCHTERNES Huhn gackerte eines Tages auf einer Wiese in der Nähe eines Tuffsteinbruchs. Das Echo antwortete ihm. Das Huhn gackerte erneut, und wieder antwortete das Echo. Das Huhn glaubte, eine Freundin gefunden zu haben, die ebenso schüchtern war und ihm antwortete, sich aber nicht zeigen wollte. So ging es jeden Tag auf die Wiese, um mit seiner schüchternen Freundin ein Schwätzchen zu halten.

28

EIN ÜBERSPANNTES Huhn bekannte sich vor sehr langer Zeit öffentlich zur nestorianischen Häresie oder verbreitete vielmehr das Gerücht, es hinge dem Nestorianismus an, ohne die geringste Ahnung zu haben, was das bedeutete. Es wollte nur die Aufmerksamkeit auf sich lenken. Das gelang ihm. In der Tat wurde es ergriffen, erdrosselt, gerupft und in Stücke geteilt.

29

EIN UNGEBILDETES Huhn hatte vom Latein gehört und glaubte, das sei etwas zum Essen, ein neues Futter. Es erzählte seinen Mithühnern davon, die eine gewisse Skepsis an den Tag legten. Ein Huhn, das sich für schlauer als die anderen hielt, sagte: »Idioten, das Latein ist kein Futter, sondern ein Haustier.« Und fügte mit gelehrter Miene hinzu: »ähnlich wie das Schwein, nur bösartiger.«

30

EIN HAHN MIT ziemlich wirren Vorstellungen hoffte, es werde ihm über kurz oder lang gelingen, Eier zu legen. Er setzte sich in einen Winkel des Hühnerstalls und verharrte dort stundenlang, doch trotz aller Anstrengungen gelang es ihm nicht, auch nur ein einziges Ei zu legen. Er konnte einfach nicht begreifen, weshalb die Hühner, die seiner Meinung nach die dümmsten Tiere der Welt waren, Eier legen konnten und er nicht.

31

SEIT DER MENSCH sich angewöhnt hatte, Kleie zu essen, weil er entdeckt hatte, daß sie gut für die Gesundheit ist, warteten die Hühner des Hofs darauf, daß der Mensch ihnen Hefezöpfe und Hörnchen bringe.

32

»UM PHILOSOPH ZU WERDEN«, sagte ein altes Huhn, das sich sehr weise dünkte, »ist es nicht nötig, an etwas zu denken, es genügt auch, an nichts zu denken.« Es setzte sich in einen Winkel des Hühnerstalls und dachte an nichts. So und nicht anders sei es ein philosophisches Huhn geworden, erklärte es.

33

EIN HUHN GERIET aus Versehen mit einem Fuß in die Mausefalle. Die Maus fiel in das Rinnsal der Dunggrube und wäre beinahe ertrunken. Das Schwein verschluckte eine Hühnerfeder und hustete bis zum Sonnenuntergang. Der Ochse brach sich ein Horn am Pfeiler des Vordachs. Die Katze versengte sich die Barthaare am Kaminfeuer. Der Hund drang in den Hühnerstall ein und fraß alle Eier auf. Gegen Abend regnete es so stark, daß der Hühnerstall überschwemmt wurde. Was für ein Tag!

34

EIN ZIMPERLICHES Huhn ekelte sich vor Würmern. Es ging auf die Suche nach Leinsamen, die es gerne fraß, und nach Kalksteinkrümeln für die Schale der Eier. Wenn es einen Wurm fand, machte es mit seinem Schnabel einen Knoten hinein und ließ ihn dann verknotet liegen. In die längeren Würmer machte es zwei Knoten.

35

EIN SCHWEIZER Huhn wollte Schokoladeneier legen. Es versuchte, viele Pralinen zu fressen, und nach einigen Monaten, während der Osterfeiertage, gelang es ihm, Eier mit bräunlicher Schale zu legen, das war alles. Es war so enttäuscht, daß es den Entschluß faßte, auf die Schweizer Staatsbürgerschaft zu verzichten.

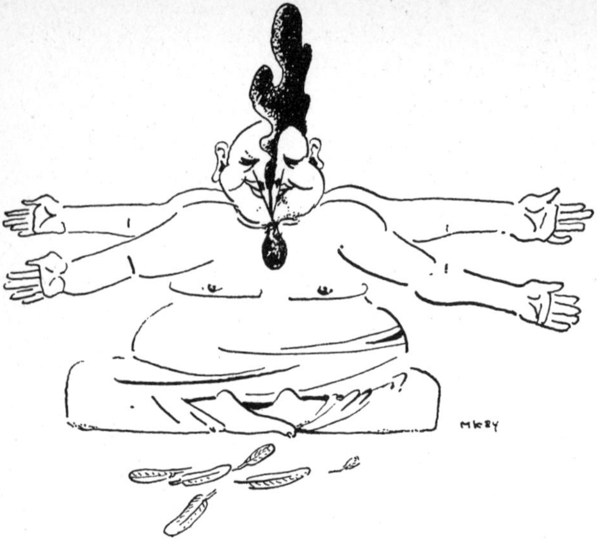

36

EIN HUHN, das sich zum Buddhismus bekehrt hatte, erklärte, es suche die Leere, die Abwesenheit der Dinge. Wenn es ihm zu begreifen gelänge, daß ein Fuchs kein Fuchs mehr oder ein Kaninchen kein Kaninchen mehr sei, dann, so behauptete es, werde es den Zustand der Erleuchtung erreicht haben. Bevor es den Zustand der Erleuchtung erreichen konnte, kam eines Tages, während es am Waldrand meditierte, der Fuchs und fraß es auf. Ein Huhn sah die verstreuten Federn, erkannte sie und sagte: »Dieses Huhn ist kein Huhn mehr.«

37

EIN HUHN, das nach China reisen wollte, hatte gehört, es müsse, um in dieses ferne Land zu gelangen, die Himmelsrichtungen finden und dann nach Osten gehen. Das Huhn lief durch Wiesen und Wälder auf der Suche nach dem Osten, konnte ihn aber nicht finden. Es suchte hinter den Hecken, in den Gräben, an den Straßenrändern, auf den Böschungen – vom Osten nicht die geringste Spur, und so mußte es auf seine Reise nach China verzichten.

38

EIN GRÖSSENWAHNSINNIGES Huhn hatte den Entschluß gefaßt, eine Abhandlung zu schreiben. »Worüber?« fragten seine Mithühner. »Über alles«, antwortete das größenwahnsinnige Huhn. Seine Mithühner zeigten sich skeptisch und gaben ihm zu bedenken, alles sei vielleicht doch ein bißchen zu viel. Das größenwahnsinnige Huhn korrigierte daraufhin sein Vorhaben und sagte, es würde eine Abhandlung über fast alles schreiben.

39

EIN SPIRITUALISTISCHES Huhn hatte gehört, daß man mit zweitausend tiefen Atemzügen Visionen haben und den Zustand der Ekstase erreichen könne. Es setzte sich in den Schatten eines Holunderbusches und begann zu atmen. Als es bei tausendneunhundert Atemzügen war, hatte es endlich eine Vision: eine Frau mit einem geblümten Kleid näherte sich ihm, packte es am Hals und drückte ihn heftig zusammen. So kam es, daß jenes Huhn im Kochtopf endete, im Glauben, den Zustand der Ekstase erreicht zu haben.

40

ES WAR EIN mageres Jahr, und die Hühner hatten nie genug zu fressen. Eine Handvoll Hirse und Mais mußte für den ganzen Hühnerhof reichen. Am Tage gingen die Hühner auf die Jagd nach Würmern und verschluckten kleine Steinchen für die Eierschalen. Ein Huhn, das sich besonders schlau dünkte, suchte sich altes Zeitungspapier zusammen, und ohne seinen Mithühnern etwas zu sagen, pickte es sämtliche »o« heraus und fraß sie, als wären es Hirsekörner.

41

EIN HOCHMÜTIGES Huhn stand von Angesicht zu Angesicht einer Kröte gegenüber, fing an zu lachen und verspottete sie, weil sie weder einen Schnabel noch Flügel habe. Da sagte die Kröte, sie habe etwas, was Hühner nicht hätten, nämlich Spucke. Sie spuckte dem hochmütigen Huhn ins Auge und hüpfte davon, ohne sich auch nur einmal umzudrehen.

42

EIN DEKADENTES Huhn wartete eines Abends mit der Heimkehr in den Hühnerhof, um sich den Sonnenuntergang anzuschauen, und erzählte dann seinen Mithühnern davon. Bei dieser Gelegenheit sprach das dekadente Huhn einen Satz aus, der berühmt wurde: »Schön ist der Sonnenuntergang!«

43

EIN ZEN-HUHN ging bei seinen Mithühnern herum und fragte sie: »Wie ist das Leben im Ei?« Die Hühner gaben die unterschiedlichsten Antworten, aber das Zen-Huhn war nie zufrieden. In Wirklichkeit suchte es jedoch gar keine Antwort, sondern versuchte, die anderen Hühner zu erwecken. Als diese das merkten, verabredeten sie sich untereinander und antworteten jedes Mal: »Leben und leben lassen.« Das Zen-Huhn fuhr fort, wie zuvor seine Frage zu stellen.

44

EIN GELBER Schmetterling belästigte ein Huhn, umgaukelte es, wenn es aus dem Hühnerstall kam und setzte sich ihm auf den Kamm. Das Huhn hielt das nicht mehr aus und tat nachts vor Wut kein Auge zu. Eines Morgens machte es sich auf den Weg und erklärte, es ginge jetzt zur Polizei, um den gelben Schmetterling anzuzeigen. Da sagte eines seiner Mithühner, der Schmetterling habe es nur deshalb umflattert, weil er es für eine Blume gehalten habe. Das Huhn machte kehrt und beklagte sich seit jenem Tag nie wieder, wenn der gelbe Schmetterling es umgaukelte.

45

EIN JUNGES UND UNERFAHRENES Huhn hatte sich in ein Kaninchen verliebt. Es sagte aber niemandem etwas davon, nicht einmal seinen liebsten Mithühnern, denn es schämte sich. Jeden Tag ging es am Kaninchenstall vorbei und warf dem geliebten Kaninchen einen Blick von der Seite zu. Es wurde eine unerwiderte Liebe und niemals eine erzählenswerte Geschichte.

46

EINE VIPER näherte sich einem Huhn, das hinter der Hecke scharrte, und versuchte, es in den Fuß zu beißen. Die Haut war jedoch so zäh und so vertrocknet, daß die Viper nicht hindurchkam. Das Huhn warf ihr einen schrägen Blick zu, und die Viper erklärte verlegen, sie habe nur einen kleinen Scherz machen wollen. Das Huhn fragte sie: »Kennst du die Fabel vom Fuchs und den Trauben?« Die Viper verneinte die Frage. »Nicht genug, daß du bösartig bist, du bist auch noch ungebildet«, sagte das Huhn und versetzte ihr einen Schnabelhieb, der ihr den Kopf verstauchte. Unter lauten Schmerzensrufen machte sich die Viper davon.

47

EIN HUHN, das immer alles über den Daumen peilte, sprach ständig vom Universum, das Universum war sein Lieblingsthema. Die anderen Hühner kamen oft mit Fragen zu ihm. »Wie groß ist es?« Das Huhn, das immer alles über den Daumen peilte, antwortete: »Es ist fast unendlich.« Wenn es gefragt wurde, wie alt das Universum sei, antwortete es: »Es ist fast ewig.«

48

ALLE HÜHNER des Hofs versammelten sich, um darüber zu entscheiden, was man in der Freizeit tun solle. Viele machten Vorschläge, die jedoch nicht für interessant erachtet wurden. Am Ende schlug ein gedankenloses Huhn vor, das Gänsespiel zu spielen, aber seine Mithühner protestierten mit lautem Gegacker, denn von den Gänsen wollten sie noch nicht einmal den Namen hören.

49

EIN HUHN WIE ALLE ANDEREN wagte sich auf der Suche nach Futter bis auf die Landstraße. Statt des Futters fand es ein Geldstück, und da es keinerlei Erfahrung mit Geld hatte, dachte es, es würde reich werden, wenn es das Geldstück hinunterschluckte. Trotz aller Anstrengungen gelang es ihm aber nicht, es durch den Hals zu bringen, so daß es sich damit abfinden mußte, arm zu bleiben.

50

EIN GELEHRTES Huhn wollte seinen Mithühnern das Zählen und Addieren beibringen. Es schrieb die Zahlen 1 bis 9 auf eine Wand des Hühnerstalls und erklärte, wenn man sie zusammentue, könne man noch größere Zahlen bekommen. Um den anderen das Addieren beizubringen, schrieb es auf eine andere Wand: 1+1=11; 2+2=22; 3+3=33 und so weiter bis 9+9=99. Die Hühner lernten die Additionen und fanden sie sehr zweckmäßig.

51

EIN RENNHUHN nahm die Kurven immer mit zu hoher Geschwindigkeit. Eines Tages überschlug es sich, aber es kam ohne Schaden davon. An einem anderen Tag landete es im Straßengraben und verbeulte sich die ganze Karosserie. Seinen Mithühnern, die nach dem Unfall herbeigelaufen kamen, sagte es: »Es ist noch mal gut gegangen, ich bin ja nicht in Brand geraten.«

52

EIN ETWAS AFFIGES Huhn schnupperte immer an den Blumen auf der Wiese, es lief von einer Blume zur andern, wie es das bei den Schmetterlingen gesehen hatte. Durch das viele Schnuppern bekam es starke Kopfschmerzen und mußte auf den Misthaufen steigen, um wieder einen klaren Kopf zu bekommen.

53

DIE GÄNSE TATEN sich vor den Hühnern groß, weil ihre Vorfahren durch ihren Alarm auf dem Kapitol Rom gerettet hatten, als die gallischen Hähne versuchten, in die Stadt einzudringen. Ein Huhn entgegnete, wenn es anstelle der Gänse Hühner gewesen wären, die hätten die Hähne vielleicht hereingelassen, und das eroberte Rom wäre ein großer Hühnerhof geworden.

54

EIN PHILOSOPHENHUHN betrachtete einen Stein und sagte: »Wer sagt mir, daß das ein Stein ist?« Dann betrachtete es einen Baum und sagte: »Wer sagt mir, daß das ein Baum ist?« »Ich sage es dir«, antwortete ein x-beliebiges Huhn. Das Philosophenhuhn betrachtete es mitleidig und fragte: »Wer bist du, daß du dir anmaßt, eine Antwort auf meine Fragen zu geben?« Das x-beliebige Huhn schaute es bekümmert an und antwortete: »Ich bin ein Huhn.« Und das andere: »Wer sagt mir, daß du ein Huhn bist?« Nach kurzer Zeit war das Philosophenhuhn sehr einsam.

55

AUF EINER VERSAMMLUNG hinter verschlossenen Türen hatten die Hühner den Entschluß gefaßt, *Gargantua und Pantagruel* von Rabelais auf den Index zu setzen, weil darin behauptet wurde, der beste Arschwisch der Welt sei ein lebendiges Küken. Ein literarisch gebildetes Huhn meldete sich zu Wort und sagte, Gargantua wische sich den Hintern mit einem kleinen flaumigen Gänserich ab und nicht mit einem Hühnerküken, so daß man das Buch nicht auf den Index zu setzen brauche.

56

EIN ZWECKS AUFKLÄRUNG vorgeschicktes Huhn kam zurückgerannt, um seinen Mithühnern zu melden, es sei nicht möglich, aufs Feld zu gehen und Körner zu pikken. Denn außer der Vogelscheuche, also einem Anzug mit zwei Stöcken drin und etwas Stroh, gebe es da auch eine Hühnerscheuche, nämlich einen Anzug mit etwas drin, was hin- und herlaufe, Schreie ausstoße und mit Steinen werfe.

57

EIN RÖMISCHES Huhn ging unter dem Konstantinsbogen hindurch, aber es empfand keinerlei besondere Gemütsbewegung dabei. Es ging ein zweites Mal hindurch, und wieder war es enttäuscht. Es fragte sich, warum Konstantin diesen Bogen wohl hatte bauen lassen, um dann drunter durchzugehen.

58

EIN ARCHÄOLOGENHUHN besichtigte die Pyramiden. Es lief um sie herum, kletterte die schrägen Wände hinauf und kehrte dann in den Hühnerhof zurück. »Wie sind die Pyramiden?«, fragten seine Mithühner. »Sehr steinig«, antwortete das Archäologenhuhn.

59

EIN GEFRÄSSIGES Huhn hatte den Boden eines Glases gefunden und glaubte, dieser vergrößere sein Futter. Wenn es das Glas auf einen Leinsamen legte, wurde dieser so groß wie ein Maiskorn. Und wenn es das Glas auf ein Maiskorn legte, wurde dieses so groß wie eine Bohne. Das gefräßige Huhn wollte die Körner fressen, nachdem es sie vergrößert hatte, aber jedes Mal stieß es mit dem Schnabel gegen den Glasboden. Wenn es das Glas wegnahm, wurde das Korn wieder klein. Durch die vielen Hiebe gegen den Glasboden brach das gefräßige Huhn sich schließlich den Schnabel.

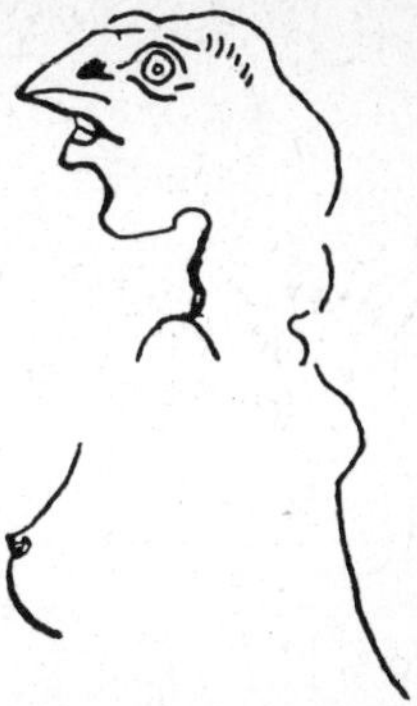

60

BEI JEDEM beliebigen Ereignis im Hühnerhof rief ein fatalistisches Huhn aus: »So ist es!« Seine Mithühner gaben ihm zu bedenken, daß es auf diese Weise einer völligen Beliebigkeit das Wort rede, und so ging das fatalistische Huhn dazu über, bei jeder Gelegenheit auszurufen: »So sei es!«

61

WÄHREND DER Osterferien streikten sämtliche Hühner des Hofs, um gegen die unlautere Konkurrenz der Zucker- und Schokoladeneier zu protestieren, die überall in den Geschäften verkauft wurden. Nach langen Diskussionen beschlossen sie, daß alle Eier, die den Hühnerhof verließen, eine Garantiemarke tragen sollten mit der Aufschrift: »Garantiert echte Eier, hundert Prozent Huhn.«

62

EIN ZERSTREUTES Kaninchen verirrte sich eines Tages in den Hühnerhof. So etwas war noch nie vorgekommen, und die Hühner konnten es gar nicht fassen. »Na so was«, sagten sie im Chor, »schaut euch dieses dumme Stück an, das tut, als sei es ein Kaninchen!«

63

EIN FRÖHLICHES Huhn hatte sich angewöhnt, zu jeder Tageszeit zu gackern, ob es nun ein Ei gelegt hatte oder nicht. Dann kam die Bäuerin in den Hühnerstall, fand kein Ei und ging verärgert davon. »Warum gackerst du?«, fragten seine Mithühner. »Ich gackere, weil ich glücklich bin«, antwortete das fröhliche Huhn. Seine Mithühner konnten das nicht verstehen, sie dachten, es sei verrückt geworden. Das Huhn versuchte zu erklären, daß es nicht verrückt, sondern nur glücklich sei und sagte: »Was ist denn dabei, glücklich zu sein?«

64

EIN GEFRÄSSIGES Huhn fraß zu viele Steinchen, und diese lagen ihm schwer im Magen. In der Nacht träumte es, es sei ein Huhn. Der Traum verwirrte es derart, daß es am nächsten Morgen den Weg zum Wald einschlug und seither nie wieder gesehen ward.

65

EIN HUHN AUS BERGAMO war verrückt geworden, und man hatte es ins Irrenhaus gesperrt. Der Hahn telefonierte ab und zu mit ihm, um sich nach seinem Befinden zu erkundigen, aber es antwortete jedes Mal: »Hör mal, hier gibt's kein Telefon!« Der Hahn berichtete den Hühnern, ihr Mithuhn sei noch nicht geheilt und müsse vorläufig im Irrenhaus bleiben.

66

EIN GEOMETRIEBEGEISTERTES Huhn suchte auf den Wiesen nach Dreiecken, Trapezen, Quadraten, Rechtecken, Fünfecken, geraden und krummen Linien, Kreisen, Ellipsen und anderen geometrischen Formen. Es war sehr enttäuscht, denn es fand keine einzige, und so machte es sich wieder auf die Suche nach Würmern, Weizenkörnern, Leinsamen, Gerstenkörnern, Wickensamen und Platterbsen.

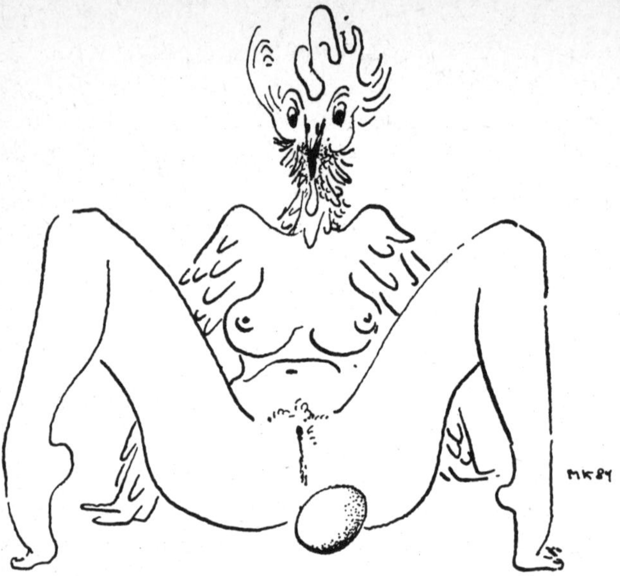

67

EIN HUHN MIT PSYCHOANALYSEFIMMEL setzte sich auf ein Gestänge in der Mitte des Hühnerstalls und verkündete lauthals, damit alle seine Mithühner es hörten: »Die Mutterschaft ist die Sublimierung des Eis.« Daraufhin verließen die Hühner schweigend den Hühnerstall und gingen auf der Tenne herum, um über die Worte ihres Mithuhns nachzudenken. Schließlich kehrte ein Huhn in den Hühnerstall zurück und sagte zu dem Huhn mit dem Psychoanalysefimmel: »Das Ei ist die Sublimierung der Mutterschaft.«

68

ALLE HÜHNER DES HOFS versammelten sich, um über die Bedeutung des Sprichworts »Ein blindes Huhn findet auch einmal ein Korn« zu diskutieren. Trotz langer Diskussionen kamen sie zu keinerlei Schluß. Am Ende behauptete ein Huhn, es handle sich um einen Druckfehler und das Sprichwort müsse richtig lauten: »Ein blondes Huhn findet auch einmal ein Korn.«

69

EIN LITERARISCH INTERESSIERTES Huhn verkündete triumphierend, es habe in einer Literaturgeschichte einen Schriftsteller namens Hyazinth Huhn entdeckt. Da meldete sich der Hahn zu Wort und sagte, sie sollten sich bloß nichts einbilden wegen so einer Lappalie.

70

EIN ENZYKLOPÄDISCHES Huhn hatte mehr als tausend Wörter auswendig gelernt. Da hielt es sich für gelehrt, und wenn es mit seinen Mithühnern zusammen war, sagte es ab und zu »Rhombus« oder »Krater« oder »Brennessel«. Wenn es gefragt wurde, was diese Wörter bedeuteten, antwortete es, daß die Welt aus Wörtern gemacht sei und daß es ohne Wörter nicht einmal die Welt gäbe, Hühner eingeschlossen.

71

EIN DUCKMÄUSERISCHES Huhn pickte in aller Ruhe auf der Tenne herum. Da donnerte ein Düsenflugzeug über den Himmel und hinterließ einen langen weißen Streifen. Das Huhn hob kaum den Blick, murmelte: »Was denkt der eigentlich, wer er ist«, und fuhr fort, auf der Tenne herumzupicken.

72

EIN ERFINDERISCHES Huhn hatte, vor sehr langer Zeit, das Rad erfunden. Es zeigte es seinen Mithühnern, aber die lachten es aus und sagten, so etwas sei zu nichts nütze. So kam es, daß die Zivilisation der Hühner gegenüber der der Menschen in Rückstand geriet. Diese gewannen die Oberhand und versperrten den Hühnern den Weg auf der Straße des Fortschritts.

73

EIN HUHN, DAS zu Visionen neigte, verkündete äußerst erregt, es habe ein UFO gesehen. Seine Mithühner nahmen die Nachricht skeptisch auf und meinten, es habe sich dabei wahrscheinlich um eine optische Täuschung oder eine Halluzination gehandelt. Da rief das Huhn gekränkt: »In Wirklichkeit habe ich nicht ein UFO gesehen, sondern zwei!« Und dann halblaut, während es sich entfernte: »Im Fernsehen.«

74

EIN HUHN HIELT ein Stück Käse im Schnabel. Da kam eine Katze und sagte: »Wie schön deine Federn sind und deine Beine. Könntest du singen, du wärest der Erste unter den Vögeln. Warum läßt du mich nicht deine Stimme hören?« Das Huhn, das die Fabel vom Fuchs und dem Raben kannte, antwortete: »Den Teufel werd' ich tun!« So fiel der Käse zu Boden, die Katze schnappte ihn und machte sich davon.

75

EIN SAMMELWÜTIGES Huhn hatte eine Sammlung bunter Steinchen angelegt. Es hielt sie in einem Loch versteckt, und ab und zu ging es hin, um sie anzuschauen. Es hütete seine Steinchen so eifersüchtig, daß es sich Sorgen darum machte, was nach seinem Tod aus ihnen werden würde, denn es hatte keine Erben. So faßte es den Entschluß, sie einen nach dem anderen aufzufressen. Als es sie alle aufgefressen hatte, starb es an gestörter Verdauung.

76

EINES MORGENS herrschte große Verwirrung im Hühnerhof. Alle Hühner hatten sich um ein Nest versammelt, in dem ein goldenes Ei glänzte. Daneben stand, kerzengerade, das Huhn mit den goldenen Eiern und genoß schweigend den Triumph. Aber dann entfernte ein Huhn mit dem Schnabel das Stanniolpapier und deckte den Betrug auf. »Ich wollte nur einen Scherz machen«, sagte das betrügerische Huhn und verschwand rasch nach draußen, um frische Luft zu schnappen.

77

EIN HUHN hatte gehört, daß zum Schreiben eine Gänsefeder erforderlich sei. Es ging zu einer Gans und fragte sie, ob es ihr eine Feder ausreißen dürfe, denn die bräuchte es zum Schreiben. Die Gans erwiderte, sie sei einverstanden, unter der Bedingung, daß das Huhn sich eine Kralle ausreißen lasse, denn die bräuchte sie zum Lausen. Im Nu war das Huhn wieder im Hühnerhof.

78

EIN HUHN, das gelernt hatte, bis vier zu zählen, verlangte, daß seine Mithühner es mit Professor anredeten und wollte den Hahn verjagen, um seine Stelle einzunehmen. Da rissen die anderen Hühner ihm alle Federn aus und sagten, sie hätten es nur dann mit Professor angeredet, wenn es imstande gewesen wäre, alle Federn zu zählen, die sie ihm ausgerissen hatten.

79

EIN HUNGRIGES Huhn traf auf der Wiese eine große Natter. Auch die Natter war hungrig. Die beiden schauten sich an, dann begann das Huhn, nach der Natter zu hacken, um sie aufzufressen. Diese sperrte das Maul auf und versuchte, den Kopf des Huhns zu verschlingen. Beide starben durch Ersticken.

80

ALS DER HAHN einen Schnupfen hatte, wetteiferten sämtliche Hühner des Hofs um seine Pflege. Einige fanden ein solches Gefallen daran, daß sie ihm, kaum war er geheilt, ein Bein stellten und ihn ins Wasser plumpsen ließen, damit er sich von neuem einen Schnupfen hole. Stattdessen holte er sich eine Lungenentzündung und verschied.

81

EIN UNVORSICHTIGES Huhn blieb mit einem Fuß in der Mausefalle hängen und konnte sich nicht mehr befreien. Auf einmal hörte es eine Katze miauen. So groß war seine Angst, für eine Maus gehalten zu werden, daß es ihm gelang, seinen Fuß mit einem Ruck zu befreien und sich in Sicherheit zu bringen.

82

EIN RUHELOSES Huhn hatte im Fernsehen *Madame Bovary* gesehen und war sehr unglücklich darüber, in einem kleinen Provinzhühnerhof zu leben. Es träumte davon, in der Hauptstadt zu leben und, von allen gesehen, auf den Bürgersteigen der überfüllten Straßen hin- und herzuspazieren. Es wollte bewundert werden, es träumte vom Luxus und von den Lichtern der großen Geschäfte. Eines Tages wurde es gemeinsam mit anderen Hühnern auf einen Lieferwagen geladen. Die anderen waren verzweifelt, es hingegen war glücklich, weil es gesehen hatte, daß der Lieferwagen das Nummernschild der Hauptstadt hatte. Am nächsten Tag hing es, gerupft und mit dem Kopf nach unten, in einem großen Geschäft im Zentrum.

83

EIN HUHN unternahm halsbrecherische Wettrennen, weil es die Schallmauer durchbrechen wollte. Eines Tages brach es sich die Knochen an der Mauer des Hühnerstalls, und so endeten seine Versuche.

84

EIN BABYLONISCHES Huhn trippelte auf ein paar ungebrannten, noch weichen Tonziegeln auf und ab. Seine Füße sanken in den Ton ein und hinterließen Zeichen. Die Ziegelsteine kamen zum Brennen, aber sie wurden nicht verwendet und blieben auf einem Haufen im Lager liegen. Mehr als dreitausend Jahre später fanden Archäologen, die Ausgrabungen machten, um die Ruinen von Babylon freizulegen, die Ziegelsteine mit den Abdrücken des Huhns. Sie stellten viele Untersuchungen an, und schließlich gelang es ihnen, jene Zeichen zu entziffern und in die modernen Sprachen zu übersetzen. So waren die Archäologen, dank jenes babylonischen Huhns, in der Lage, ein Stück Geschichte zu rekonstruieren, das andernfalls im Dunkel geblieben wäre.

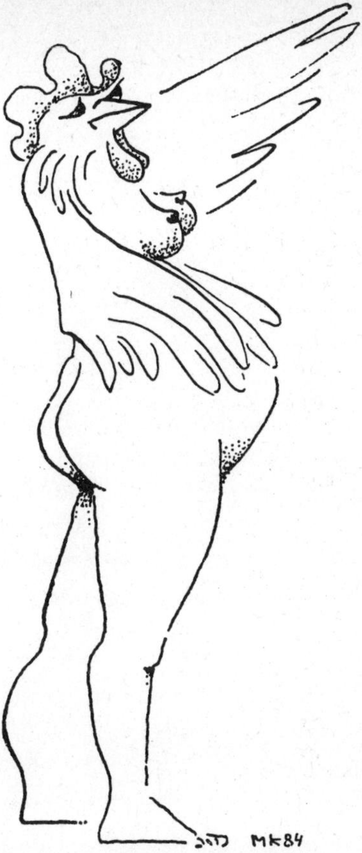

85

EIN ZIEMLICH EXTROVERTIERTES Huhn ging jedes Mal, wenn es kurz davor war, ein Ei zu legen, im Hühnerstall herum und sagte: »Ich bin schwanger!« Bevor es sich auf das Nest setzte, um das Ei zu legen, rief es: »Ich habe Wehen!« Eines Morgens erwarteten seine Mithühner es an der Tür des Hühnerstalls, und als es herauskam, umringten sie es und riefen: »Wöchnerin!«

86

EIN HUHNOLOGENHUHN behauptete nach eingehendem Studium der Problematik, Hühner seien keine Tiere und nicht einmal Vögel. »Und was sind sie dann?«, fragten seine Mithühner. »Hühner sind Hühner«, antwortete das Huhnologenhuhn und ging kerzengerade davon.

87

IM HÜHNERHOF entzündete sich eine Diskussion an der Frage, was schöner sei, die Morgendämmerung oder die Abenddämmerung. Es bildete sich die Partei der Morgenhühner und die der Abendhühner. Im Lauf der Zeit vergaßen die einen die Morgendämmerung und die andern die Abenddämmerung, übrig blieb nur der Haß der einen auf die andren.

88

EIN GAUKLERHUHN gab auf der Tenne eine Vorstellung, während der es Glasstücke und rostige Nägel verschluckte. Hinterher leckte es sich den Schnabel, um zu zeigen, wie sehr sie ihm schmeckten. Am Ende der Vorführung ging es herum, um Würmer und Maiskörner einzusammeln. Die Hühner gaben ihm aber nur Glasstücke und rostige Nägel, wo es sie doch so gerne fraß.

89

EIN HUHN behauptete, ein Star sei ein Tier, ein anderes Huhn behauptete, ein Star sei eine Krankheit und noch ein anderes Huhn behauptete ein Star sei jemand, der berühmt sei. Mußte man vor dem Star Angst haben? Gemeinsam beschlossen sie, daß es besser sei, dem Star nicht zu trauen.

90

EIN ARISTOTELISCHES Huhn beschloß, die Katze vom wissenschaftlichen Standpunkt aus zu untersuchen. Es untersuchte den Schwanz, die Pfoten, die Krallen, die Ohren, die Nase, das Fell, sah sich jedoch in großen Schwierigkeiten, als es zu bestimmen galt, wozu die Barthaare dienten. »Der Schönheit«, sagte ein anderes, nichtaristotelisches Huhn. »Die Schönheit ist kein wissenschaftlicher Begriff«, antwortete das aristotelische Huhn und versuchte, der Katze die Barthaare auszureißen. Da biß die Katze ihm den Kamm ab, der zu nichts diente, vom wissenschaftlichen Standpunkt aus.

91

ALLE HÜHNER des Hofs versammelten sich, um das Problem der Seele zu diskutieren. Am Ende wurde eine Abstimmung durchgeführt, aus der hervorging, daß sämtliche Hühner eine Seele hätten, ungeachtet der Farbe ihrer Federn. Als die Gänse davon erfuhren, versammelten auch sie sich, um dieses Problem zu diskutieren. Gegenüber den Hühnern hatten sie den Vorteil, daß ihre Federn weiß waren.

92

NACHDEM DER HAHN an Lungenentzündung gestorben war, begann ein Huhn, sich die Federn auszureißen und wehzuklagen, als hätte der Hahn nur es allein geliebt. Die andern Hühner gaben ihm den Spitznamen »widerrechtliche Witwe« und drohten, es vom Kamm bis zu den Krallen zu rupfen, wenn es nicht mit dem Geplärre aufhöre.

93

NACHDEM FESTSTAND, daß auch die Hühner eine Seele haben, beschlossen alle Hühner des Hofs, es müsse auch das Paradies geben für alle, die es verdienten. Ein Huhn, das nie zufrieden war, fragte, ob es nicht vielleicht etwas Besseres gäbe als das Paradies.

94

EIN SCHAMLOSES Huhn behauptete, es habe die schönsten Beine des ganzen Hühnerhofs und zeigte sie bei jeder Gelegenheit. Eines Tages sah es sich zufällig im Spiegel und war sehr bestürzt, denn es kam sich häßlich und lächerlich vor. Es wollte sich verstecken, aber ein anderes Huhn flüsterte ihm tröstend ins Ohr: »Und was sollen da erst die Frauen sagen?«

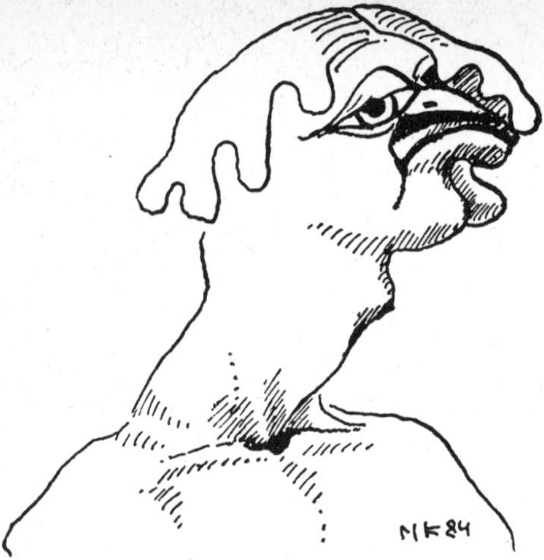

95

ALLE HÜHNER des Hofs traten geschlossen in den Generalstreik, um gegen das Futter zu protestieren, das nach Teer stank. Sie versuchten, keine Eier mehr zu legen, aber trotz aller Anstrengungen legten sie doch welche. So scheiterte der Generalstreik, und sie mußten weiter das Futter fressen, das nach Teer stank.

96

EIN SEHR BETAGTES Huhn erzählte im Hühnerhof alte Märchen, in denen Feen, Hexen, Zauberer, Prinzen, Kobolde und Drachen vorkamen. So erfuhren die Hühner, daß die Drachen einen Kamm hatten. Weshalb ist dann aber in alten Märchen nie von Hühnern die Rede, wo sie doch auch einen Kamm haben wie die Drachen?

97

EIN RABAUKENHUHN amüsierte sich damit, die Kaninchen zu erschrecken und vor sich her zu scheuchen. »Schaut nur, wie sie rennen!«, rief es amüsiert. Da kam die Katze und scheuchte das Rabaukenhuhn, das einen großen Schrecken bekam und die Flucht ergriff. »Schaut nur, wie es rennt!«, rief die Katze amüsiert.

98

EIN VERLAUSTES Junghuhn lief versehentlich in den Schweinestall, um sich zu lausen. Die Schweine versprachen dem verlausten Junghuhn verbindlich, den verlausten Hühnerstall zu entlausen. Vereint verfügten sie sich in den Hühnerstall und unter dem Vorwand, die Läuse zu verdrücken, verdrückten sie verhalten viele verlauste Junghühner.

99

EIN ANTIKONFORMISTISCHES Huhn lief verdreckt, zerrauft und voller Läuse herum. Bald wurde es Mode, verdreckt und voller Läuse herumzulaufen. Daher beschloß das antikonformistische Huhn, sich die Federn zu glätten und sich sorgfältig zu entlausen. Als sämtliche Hühner des Hofs sich die Federn glätteten und sich entlausten, weil das die neue Mode war, zerraufte sich das antikonformistische Huhn von neuem die Federn und ließ die Läuse sprießen. Und es brüstete sich, auch Flöhe zu haben.

100

EIN VERLOGENES Huhn klagte eines Morgens beim Aufstehen über starke Zahnschmerzen. Als man es darauf hinwies, daß Hühner keine Zähne haben, schämte es sich sehr und versteckte sich hinter der Hecke.

101

EIN VERRÜCKTES Huhn glaubte, es sei ein Weizenkorn. Wenn es ein anderes Huhn sah, rannte es davon, aus Angst, gefressen zu werden. Schließlich wurde das verrückte Huhn geheilt und sagte: »Ich bin kein Weizenkorn, ich bin ein Huhn.« Aber immer, wenn es ein anderes Huhn auf der Wiese traf, rannte es davon. »Warum rennst du davon?«, fragten die andern. »Ich weiß, daß ich ein Huhn bin«, antwortete es, »aber das andere Huhn glaubt immer noch, daß ich ein Weizenkorn bin.«

102

EIN HUHN MIT ASTRONOMIEFIMMEL schlief während des Tages und blieb nachts wach, um am Himmel das Sternbild des Huhns zu suchen. Als es dieses endlich gefunden hatte, beobachtete es das Sternbild weiter, in der Hoffnung, es würde ein Ei legen.

103

ZWEI HÜHNER gingen in den Zoo und betrachteten voller Neugier all die seltsamen Tiere in den Käfigen. Am Ende schauten sie einander nachdenklich in die Augen und fragten sich, weshalb es eigentlich keinen Käfig gab mit Hühnern drin. »Soll das vielleicht heißen«, sagten die beiden zueinander, »daß Hühner keine Tiere sind?«

104

EIN HUHN AUS LYON lief bis nach Paris und dort in den Louvre, wo es sich unter die Menge mischte. Den Hinweisschildern folgend, begab es sich sogleich in den Saal, wo die Mona Lisa hing. Lange Zeit verharrte es vor dem Gemälde, verzaubert vom rätselhaften Lächeln dieser Dame. Seit jenem Tag verbrachte das Huhn aus Lyon Stunden um Stunden vor dem Spiegel und versuchte erfolglos, das Lächeln der Mona Lisa nachzuahmen.

105

EIN PARISER Huhn wollte auf den Eiffelturm steigen. Mühsam kletterte es Stufe um Stufe empor und erreichte schließlich die höchste Plattform. Von dort schaute es hinunter und erblickte Paläste, Monumente und Gärten, die sich in weitem Umkreis erstreckten. »Was mag das für eine Stadt sein«, fragte sich das Pariser Huhn, dem der Schnabel vor Staunen offenstand. Eilig hüpfte es die Treppen hinunter, um den Wächter nach dem Namen der Stadt zu fragen, die man von der höchsten Plattform des Eiffelturms aus sehen konnte.

106

EIN HUHN AUS MINNESOTA hatte gehört, daß Wolkenkratzer Schwindel verursachen. Eines Tages machte es eine Reise nach New York, aber es lief stets mit gesenkten Augen durch die Straßen, weil es fürchtete, ihm könnte schwindlig werden. So kehrte es nach Hause zurück, ohne die Wolkenkratzer gesehen zu haben. »Um so schlimmer für sie«, dachte es bei sich auf der Rückfahrt.

107

EIN FRECHES Huhn äffte immer die jungen Gänse nach, quak-quak-quak. Eines Tages packten die Gänse es am Schwanz und warfen es ins Wasser. Das Huhn bekam einen gewaltigen Schreck und begann zu schreien: »Ich ertrinke! Ich ertrinke!« Aber die Gänse sagten: »Wenn du quak-quak machst, dann mußt du auch schwimmen können.« Am Ende zogen sie es aber ans rettende Ufer, und seither hat das freche Huhn die Gänse nie wieder nachgeäfft.

108

EIN HUHN AUS VIBO VALENTIA wollte die Philosophie Wittgensteins studieren, bekam davon jedoch heftige Kopfschmerzen. So versuchte es Whitehead, aber auch davon bekam es Kopfschmerzen. Es versuchte noch Weisse und Wolff und Wahl und Wundt, aber es wurde immer schlimmer. Eines Tages schlug es zufällig ein Buch von Wodehouse auf und las viele Seiten ohne den geringsten Schmerz. Von da an entschied es sich für Wodehouse als Lieblingsphilosophen.

109

EIN PERVERSES Huhn hatte die mythologische Geschichte von Kronos gelesen, der seine neugeborenen Kinder verschlang. Während seine Mithühner auf den Wiesen nach Körnern und Würmern suchten, nahm es das Ei, das es gerade gelegt hatte, kochte es weich und fraß es mit Genuß, mitsamt der Schale, zur großen Empörung des ganzen Hühnerhofs.

110

EIN AMERIKANOPHILES Huhn trank Coca-Cola und tat dann, als sei es betrunken, indem es gegen die Wände torkelte. Die andern Hühner merkten bald, daß man es bezahlte, um glauben zu machen, dieses Getränk sei besser als Wein. Eines Tages umringten sie es und riefen: »Söldling!« Da versteckte sich das amerikanophile Huhn aus Scham hinter der Hecke.

111

EIN SEHR FROMMES Huhn wollte heilig werden, aber es wußte nicht, wie es das anstellen sollte. Schließlich flocht es einen kleinen Ring aus goldgelben Weidenruten und setzte ihn sich auf den Kopf wie einen Heiligenschein. Es war so überzeugt davon, heilig geworden zu sein, daß es sogar Wunder wirkte.

112

EIN KALABRESISCHES Huhn beschloß, Mitglied der Mafia zu werden. Es ging zu einem Mafia-Minister, um ein Empfehlungsschreiben zu bekommen, aber dieser sagte ihm, die Mafia existiere nicht. Es ging zu einem Mafia-Richter, aber auch dieser sagte ihm, die Mafia existiere nicht. Schließlich ging es zu einem Mafia-Bürgermeister, und auch dieser sagte ihm, die Mafia existiere nicht. So kehrte das Huhn in den Hühnerhof zurück, und auf die Fragen seiner Mithühner antwortete es, die Mafia existiere nicht. Da dachten alle Hühner, es sei Mitglied der Mafia geworden und fürchteten sich vor ihm.

113

EIN HUHN AUS SEVILLA hatte beschlossen, eine Berühmtheit im Gitarrespiel zu werden, aber es konnte sich nicht entscheiden, ob es zum Zupfen der Saiten den Schnabel oder die Krallen benutzen sollte. Diese Unentschlossenheit war verheerend für seine Karriere, und so gelang es dem Huhn aus Sevilla nie, eine Berühmtheit im Gitarrespiel zu werden.

114

EIN HUHN MIT EINER VORLIEBE für Autos mit Metallic-Lack ging zu einem Karosseriemechaniker, um sich mit Metallic-Lack versehen zu lassen. Der Karosseriemechaniker besprühte seine Flügel und seinen Schwanz mit Lack, und das Metallic-Huhn lebte fortan glücklich und zufrieden. Nur bei Karosseriereparaturen war es manchmal in Schwierigkeiten, weil es nicht einfach war, den gleichen Lack mit der gleichen Farbe zu finden.

115

EIN HUHN NAMENS NATALIA hatte beschlossen, einen Roman zu schreiben, aber ihm fielen weder die Handlung, noch die Personen, noch der Titel, noch der Schreibstil ein. So kam es, daß dieses unschlüssige Huhn stattdessen seine Kindheitserinnerungen aufschrieb und großen Erfolg bei den Gänsen hatte.

116

EINES TAGES hörten die Hühner vom Hühnerstall aus einen Esel schreien. Nie zuvor hatten die Hühner einen derartigen Laut gehört. Eines behauptete, es müsse sich um einen Löwen handeln. Ein anderes ging zur Tür des Hühnerstalls, und da es noch nie einen Esel gesehen hatte, verkündete es seinen Mithühnern, es handle sich in der Tat um einen Löwen. Als der Esel erfuhr, daß man ihn für einen Löwen gehalten hatte, machte er große Freudensprünge.

117

EIN HUHN, das Leberschmerzen hatte, beschloß, sich mit homöopathischen Mitteln zu kurieren. Als es erfuhr, daß diese Medizin keine Medikamente enthalte, wollte es die Behandlung noch verbessern, und statt die Pillen hinunterzuschlucken, machte es nur die entsprechende Geste. Die Leberschmerzen wurden immer schlimmer, und am Ende mußte es sich in Baden-Baden behandeln lassen.

118

EIN ANALPHABETISCHES Huhn setzte sich mit einem Stück Zeitung mitten in den Hühnerhof und tat, als würde es lesen. »Was passiert in der Welt?«, fragten seine Mithühner. Um keinen Fehler zu machen, erklärte das analphabetische Huhn, es passiere nie etwas. Bis ihm eines Tages ein ungeduldiges Huhn einen so heftigen Tritt versetzte, daß es über die ganze Wiese kollerte, und dann sagte: »Jetzt ist was passiert, mal sehen ob es die Zeitung diesmal bringt.«

119

EIN MITTELALTERLICHES Huhn wurde an Bord eines venezianischen Schiffes verladen, das zum ersten Kreuzzug auslief. Es glaubte, es würde an der Seite der Kreuzfahrer unter den Mauern Jerusalems für die Eroberung des Heiligen Grabes kämpfen, kurz, es meinte, es sei für die christliche Armee rekrutiert worden. Als es merkte, daß man es nur deshalb an Bord genommen hatte, um seine Eier zu essen, war es sehr gekränkt, und bei der Ankunft in Jerusalem lief es sogleich zu den Ungläubigen über.

120

EIN HASENFÜSSIGES Huhn spazierte in der Augustsonne gedankenversunken an einer Mauer entlang. Auf einmal wandte es den Blick, und da schien ihm, als hätte sein Schatten die Form eines Fuchses angenommen. Es rannte davon so schnell es konnte, und seit jenem Tag wollte das hasenfüßige Huhn nichts mehr wissen von irgendwelchen Spaziergängen in der Augustsonne, irgendwelche Mauern entlang.

121

EIN SEHR EITLES Huhn nahm an einem Schönheitswettbewerb teil, aber es fiel durch. Verschämt kehrte es in den Hühnerhof zurück, und auf die Fragen seiner Mithühner antwortete es, man habe es aus politischen Gründen durchfallen lassen. Als es aber gefragt wurde, welcher Partei es angehöre, wußte es nichts zu antworten.

122

EIN ÄNGSTLICHES Huhn sah ein Hemd, das zum Trocknen aufgehängt war, und hielt es für ein Gespenst. Es lief zu seinen Mithühnern und erzählte, Gespenster hätten Arme, aber keine Beine. Am nächsten Tag sah es ein Paar Hosen, die zum Trocknen aufgehängt waren. Da lief es zu seinen Mithühnern, um ihnen zu berichten, Gespenster liefen in Stücken herum, die Arme hier und die Beine dort.

123

ALS DIE HÜHNER des Hofs gefragt wurden, welches ihr größter Wunsch sei, antwortete eines, es würde gerne einen Wurm finden, der einen Kilometer lang wäre, ein anderes sagte, es würde mit seinem Gegacker gerne im Fernsehen auftreten und noch ein anderes, es würde gern den Fuchs in einer Falle finden und ihm die Nase zerhacken. Das zuletzt befragte Huhn antwortete, es würde gerne an Altersschwäche sterben.

124

EIN SCHWEIZER Huhn hatte gehört, daß man mit Spekulationen an der Börse viel Geld verdienen könne. Eines Tages schlüpfte es in die Börse eines Kaufmanns und nahm den Kopf zwischen die Krallen, um zu sehen, ob es ihm durch intensives Spekulieren gelingen würde, reich zu werden. Stattdessen landete es erst im Haus und dann im Kochtopf des Kaufmanns.

125

EIN UNGLÜCKLICHES Huhn hatte beschlossen, sich umzubringen. Es warf sich vom Dach hinunter, aber es tat sich nichts. Es warf sich ins Wasser, aber es ging nicht unter. Ein befreundetes Huhn riet ihm, doch in den Fuchsbau zu gehen, aber das unglückliche Huhn antwortete, es würde alles tun, sogar darauf verzichten zu sterben, nur um diesem verhaßten Tier keinen Gefallen zu tun.

126

EIN EXHIBITIONISTISCHES Huhn hatte beschlossen, Drogen zu nehmen und ging aufs Feld, wo es sich mit Hanfsamen vollstopfte. Dann streckte es sich in der Sonne aus und wartete auf die Halluzinationen. Es wartete eine Stunde, zwei Stunden, drei Stunden. Statt der Halluzinationen kamen das Dunkel und die Kälte der Nacht.

127

EIN SEHR EHRGEIZIGES Huhn wollte eine unauslöschliche Spur hinterlassen wie die großen Gestalten der Geschichte. Es mischte Zement, und während er noch weich war, tauchte es einen Fuß hinein, um eine Spur zu hinterlassen. Der Zement wurde hart, und das Huhn blieb gefangen.

128

EINES TAGES HÖRTE EIN HUHN, wie ein Mann zu einem anderen Mann sagte: »Besser, du hältst den Schnabel!« Das Huhn kehrte in den Hühnerhof zurück und berichtete seinen staunenden Mithühnern, was es gehört hatte. Seit jenem Tag hatten die Hühner ein wachsames Auge auf den Mann, um herauszufinden, wo er den Schnabel hatte, aber ohne Erfolg. Am Ende dachten sie, daß er ihn versteckt hielt, weil er sich schämte, und waren sehr gekränkt.

129

EIN ETWAS KURZSICHTIGES Huhn verschluckte eines Tages ein Stück Eisendraht, im Glauben, es sei ein Wurm. Eine Woche lang hatte es furchtbare Magenschmerzen, und als es ihm schließlich gelang, sich von dem Draht zu befreien, schwor es, in seinem Leben nie wieder einen Wurm zu fressen. Wenn es einen sah, wurde ihm übel, es mußte sich abwenden und den Wurm seinen Mithühnern überlassen, die einen besseren Magen hatten.

130

EIN MITTELALTERLICHES Huhn hatte beschlossen, seine Seele dem Teufel zu verkaufen. Es suchte ihn überall und fand ihn schließlich eines Tages in einem Garten, wo er gerade Sellerie stahl. Es schlug vor, ihm seine Seele gegen eine Handvoll Gerste zu überlassen, aber der Teufel lachte ihm in den Schnabel. So kam es, daß jenes mittelalterliche Huhn entdeckte, daß es keine Seele hatte.

131

EIN ETWAS GEDANKENLOSES Huhn behauptete, es spüre eine große Leere im Kopf, genau an der Stelle, wo sich gewöhnlich das Gehirn befinde. »Ich fürchte, daß ich kein Gehirn habe«, sagte das arme Huhn weinend, »denn wenn ich eins hätte, würde ich es doch spüren.« Aber die anderen Hühner beruhigten es, indem sie ihm versicherten, auch sie spürten ihr Gehirn nicht.

»Als Mensch ist er an seiner Einsamkeit und Schwermut zerbrochen: aber seine unerfüllte Sehnsucht nach dem einfachen Glücklichsein hat tiefe Spuren in all seinen Werken hinterlassen. Man konstatiert das mit der immer gleichen Ergriffenheit.«

Salzburger Nachrichten

Cesare Pavese

Am Strand
Roman. Band 5303

Der böse Blick
Erzählungen. Band 5347

Der Genosse
Roman. Band 5302

Der schöne Sommer
Roman. Band 5899

Der Teufel auf den Hügeln
Roman. Band 5965

Die einsamen Frauen
Roman. Band 5305

Die Selbstmörder
Erzählungen. Band 5348

Nacktheit
Erzählungen. Band 5349

Unter Bauern
Roman. Band 5304

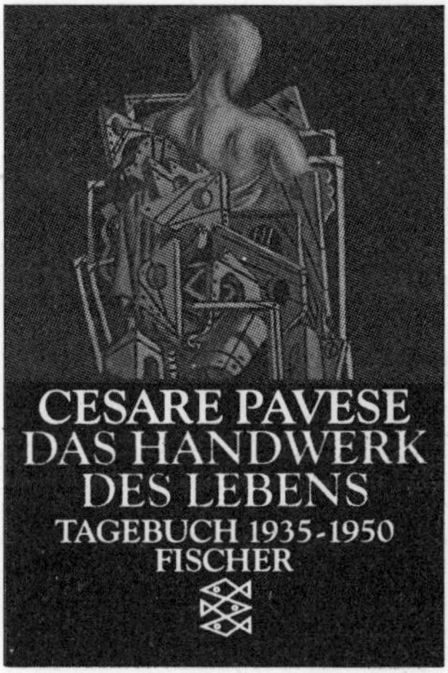

Hunger nach Einsamkeit
Sämtliche Gedichte
Band 10552

Das Handwerk des Lebens
Tagebuch 1935–1950
Band 9282

Fischer Taschenbuch Verlag

fi 136/10